Das Ausziehspiel

Herrschaft und erotische Unterwerfung

Erika Sanders

Das Ausziehspiel

Erika Sanders

Serie
Herrschaft und erotische Unterwerfung Vol. 21

Zusammenfassung

Die Protagonistin dieser Geschichte geht mit einigen Freunden in Begleitung ihres Freundes Paul auf eine Party.

Die Party geht weiter wie jede andere Party, bis sie entdeckt, dass mehrere Personen durch eine Tür eintreten und nicht wieder herauskommen.

Sie überwindet ihre Neugier, betritt die Tür und entdeckt, dass der Raum voller Männer und Frauen ist, die ununterbrochen lachen und in die Mitte des Raumes schauen, in der ein Junge eine Schachtel mit einigen Karten hat ...

Das Ausziehspiel ist eine Geschichte mit stark erotischem BDSM-Inhalt und gehört wiederum zur Erotic Domination-Sammlung, einer Reihe von Romanen mit hohem romantischem und erotischem BDSM-Inhalt.

(Alle Charaktere sind 18 Jahre oder älter)

Anmerkung zum Autorin:

Erika Sanders ist eine bekannte internationale Schriftstellerin, die in mehr als zwanzig Sprachen übersetzt wurde und ihre erotischsten Schriften, fernab ihrer üblichen Prosa, mit ihrem Mädchennamen signiert.

Index:

DAS AUSZIEHSPIEL
ERIKA SANDERS

11

Paul und ich waren zu einer Party gegangen, die von Freunden von ihm gegeben worden war.

Er kannte fast niemanden, aber sie schienen ein netter Haufen zu sein.

Paul entschuldigte sich und begann mit einigen Teamkollegen zu sprechen, die er seit dem Ende des Rennens nicht mehr gesehen hatte, also wurde ich allein gelassen.

Ich schenkte mir Sangria ein, begann ruhig zu trinken und sah mich nach jemandem um, den ich kannte.

Alle waren damit beschäftigt, mit jemandem zu reden, und er wollte kein Gespräch unterbrechen.

Plötzlich sah ich ein paar Leute durch die Tür im hinteren Teil des Raumes schlüpfen.

Es dauerte nicht lange, bis drei weitere Personen eintraten.

Dann noch eine.

Das war zu viel für meine Neugier, also beschloss ich zu sehen, was dort los war.

Ich öffnete die Tür und sah eine große Gruppe von Menschen in die Mitte des Raumes schauen.

Ich stellte mich auf die Zehenspitzen, um zu sehen, was sie sahen, und entdeckte einen Jungen Anfang zwanzig, der mit einer Schachtel voller kleiner Karten in der Hand auf einem Tisch saß.

Die Leute lachten ununterbrochen und es weckte meine Neugier noch mehr.

Ich beschloss, jemanden zu bitten, es herauszufinden.

Ich klopfte einem Mädchen vor mir auf die Schulter.

"Hey entschuldigung. Was ist das alles? Fragte ich und hob meine Stimme über das Lachen.

"Wir spielen" Wagen Sie es? " "Er antwortete" Willst du spielen?

"Ich weiß nicht, wie man spielt", sagte ich.

"Es ist egal, ich werde es dir gleich erklären", rief er aus. Du wirst sehen, wie einfach es ist. Wenn Sie an der Reihe sind, müssen Sie eine

Karte aus der Box auswählen, die der "Moderator" des Spiels trägt, nämlich den Jungen auf dem Tisch. Auf der Karte steht eine "Herausforderung", der Sie sich stellen müssen. Wenn Sie sich gegen eine Nichteinhaltung entscheiden, müssen Sie eine Verpfändung leisten. Sie müssen sich ausziehen.

" Ich verstehe. Deshalb gibt es diesen ohne Hemd ", sagte ich und zeigte auf einen Mann, der lachte. ""

"Das war's", antwortete sie. "Es ist so, dass wir schon eine Weile spielen. Darüber hinaus gibt es andere, die bereits ein Versprechen bezahlt haben. Das Mädchen ist schon in ihrem Höschen und ich musste meine Schuhe ausziehen. "

Ich sah auf seine Füße hinunter und sah, dass er die Wahrheit sagte.

Ich lächelte, dankte ihm und verließ den Raum.

Ich suchte nach Paul, um ihn zu fragen, ob er hereinkommen und mit mir spielen wollte.

"Nein Liebling", antwortete er. "Sie sehen, wenn Sie wollen, ich spreche mit einigen Freunden von der Universität."

Ich ging alleine hinein.

Sie sagten mir, dass ich dem Moderator zuerst Bescheid geben müsse, um an dem Spiel teilnehmen zu können.

Ich tat es und als ich an der Reihe war, nahm ich eine Karte heraus.

"Küssen Sie mit einer Augenbinde drei Mitglieder des anderen Geschlechts und raten Sie dann, wer wer ist."

Sie wählten drei Männer und verbanden mir die Augen.

Der erste schien, als wollte er meine Mandeln mit seiner Zunge erreichen.

Der zweite benutzte seine Zunge weniger, verbrachte aber fast eine Minute damit, meinen Arsch zu reiben, während er mich küsste.

Der dritte benutzte auch viel seine Zunge und rieb nicht nur meinen Arsch, sondern streichelte auch meine Titten.

Ich ließ sie es tun, denn wenn ich einen von ihnen gestoppt hätte, hätten sie mich eliminiert.

Ich nahm die Augenbinde ab und schlug alle drei, einen für seinen Bart und die anderen zwei für die Höhe.

Als ich wieder an der Reihe war, war bereits eine Frau in BH und Höschen und ein Mann in Unterhosen.

Ich nahm eine neue Karte heraus.

"Sie müssen Ihre Unterwäsche demjenigen zeigen, der zu ihrer Farbe passt. Drei Personen können testen."

Was für ein Pech! Sie trug einen Strumpfgürtel und ein passendes schwarzes Höschen.

Sicher würde jemand daran denken, diese Farbe zu sagen.

Aber das Schlimmste war, dass das Höschen durchsichtig war und ich alles durch sie hindurch sehen konnte.

Warum hätte ich das kastanienbraune Höschen nicht getragen?

Sie wählten drei andere Männer.

Der erste sagte, er trage nichts.

Ich lachte und sagte ihm, dass er versagt hatte.

Der zweite sagte, es sei schwarz.

Bingo! Du hast es richtig!

Ich sagte ihm, er solle sich umdrehen und hob mein Kleid, damit nur er sie sehen konnte.

Als er mich sah, pfiff er dankbar.

Der Moderator des Spiels sagte, da ich verloren hatte, musste ich ein Kleidungsstück ausziehen.

Mit einer sinnlichen Geste legte ich meine Hände unter meinen Rock, senkte mein Höschen und hängte sie mit den restlichen Kleidern, die die anderen bereits ausgezogen hatten, an den Kleiderbügel.

In der nächsten Schicht verloren zwei Männer ihre Hose und eine Frau ihren BH, und zwei Personen verließen das Spiel mit nur noch zehn Personen.

Die topless Frau erinnerte die Gruppe daran, dass ich nicht die gleiche Anzahl von Tests wie der Rest der Leute durchgeführt hatte und schlug vor, dass ich zwei zusätzliche Tests habe, um mich auf das gleiche Niveau wie die anderen zu bringen.

Die Leute ignorierten meine Proteste und stimmten schnell dafür, mir zwei zusätzliche Tests hintereinander zu geben.

Ich nahm die erste Karte heraus.

"Zieh deinen BH aus, ohne Knöpfe an deinem Kleid oder deiner Bluse zu öffnen."

Als sich mein BH vorne öffnete, öffnete ich ihn problemlos und fuhr mit einer Seite unter jedem meiner Arme hindurch.

Währenddessen starrten mich alle an und ich hörte einige Leute kommentieren, dass alles für mich transparent sei.

Der Moderator sagte, dass eine der Spielregeln das erneute Tragen von Kleidungsstücken untersagte.

Ich nahm eine neue Karte heraus.

"Wählen Sie drei Personen des gleichen Geschlechts mit dem Strohspiel. Französisch küssen eine, die mindestens eine Minute dauert."

Ich habe drei Streichhölzer gebrochen, sie mit ein paar anderen gemischt und sie herumgereicht, damit jede Frau eines auswählen konnte.

Derjenige, der eines der drei kaputten Streichhölzer bekam, hätte einen Preis.

Joanna, ein rothaariges Mädchen in den Zwanzigern, ein Körper mit perfekten Kurven und etwas kleiner als ich, war die erste, die einen von ihnen herauszog.

Er lachte und sagte, dass er in diesem Spiel immer gut gewesen sei.

Er ließ mich auf seinen Knien sitzen und der Moderator erinnerte mich daran, dass ich die Herausforderung verlieren würde, wenn ich den Kuss unterbrechen würde.

Joanna begann mich mit großer Entschlossenheit zu küssen und da sie wusste, dass ich nichts unter meinen Kleidern hatte, streichelte sie zuerst meine Brüste und dann schob sie eine Hand unter meinen Rock, ließ sie direkt über meinem Schambein und spielte mit meinem Kitzler.

Ich ertrug den Kuss, konnte aber nicht weiter mit diesen erfahrenen Händen auf meinem Kitzler sitzen.

Fachmännisch brachte er mich zum Orgasmus, während ich mich auf seinen Knien windete.

Als ich den Kuss abbrach, klatschte die Gruppe und ich sah, dass sechs Minuten vergangen waren.

Joanna hielt immer noch ihre Hand für einen Moment auf meiner pochenden Muschi und dann stand ich auf.

Er hörte jedoch nicht auf, auf ihn zu drücken, bis ich ein paar Schritte entfernt war.

Ich atmete schnell und begann zu warten, bis ich wieder an der Reihe war.

Ein Mann verlor seine Boxershorts und enthüllte einen dicken, harten Schwanz.

Eine zweite Frau verlor ihren BH.

Die Frau, die keinen BH mehr hatte, verlor ihren Rock und ließ nichts an.

Ich fragte mich, was passieren würde, wenn sie wieder verlieren würden.

Paul wählte diesen Moment, um den Raum zu betreten.

Der Moderator fragte ihn, ob er bleiben wolle.

Er warf einen Blick auf die beiden Frauenbrüste und zögerte nicht, Ja zu sagen.

Sie sagten ihm, dass er fünf Herausforderungen annehmen müsse, wenn er bleiben wolle.

Er zog seine erste Karte heraus.

"Küssen Sie mit einer Augenbinde drei Mitglieder des anderen Geschlechts und raten Sie dann, wer wer ist."

Ich war der zweite und Joanna die dritte.

Ich rieb Paul wie die erste Frau und rieb seinen Schwanz durch seine Hose.

Joanna machte es besser, zog seine Fliege herunter und griff hinein.

Paul hat mich nicht geschlagen (er dachte, ich wäre die Nummer eins).

Er verlor vier der fünf Kleidungsstücke, als er in seinen Boxershorts stand, und eine enorme Erektion kämpfte darum, sich zu befreien.

Der Moderator gab bekannt, dass die Dinge weit genug gegangen waren und dass es Zeit war, die stärksten Karten zu ziehen.

Ich habe den ersten bekommen.

Sie haben mir die Augen verbunden und drei Schwänze in meine Hände gelegt.

Er musste raten, wem jeder gehörte.

Unglaublicherweise konnte ich Pauls nicht von den anderen unterscheiden.

Während alle Leute im Raum zuschauten, zog ich meine Bluse aus.

Die Frau, die bereits in der Vorrunde nackt war, verlor ihre Herausforderung und alle Männer zogen einen Strohhalm.

Der Moderator sagte der Frau, dass sie sich mindestens fünf Minuten lang auf den Schwanz desjenigen setzen müsse, der den kürzeren Strohhalm gezogen habe.

Ich sah zu, wie sie auf dem Sieger saß, als er seinen Schwanz vorsichtig in ihr Tropfloch steckte und sich fragte, ob meine Bestrafung dieselbe wäre, wenn ich nackt wäre.

Der Moderator begann die Zeit zu zählen.

Sie versuchte sich wie nichts zu benehmen, als würde sie uns davon überzeugen, dass sie nicht mitten in allen gefickt wurde, aber die langsamen Bewegungen, mit denen der Mann in sie eindrang, begannen nach etwa drei Minuten reagieren.

Sie fing an, sich mit der Sache zu befassen, als der Moderator sagte, dass die Zeit abgelaufen sei und sie aufstehen ließ, worauf sie sich weigerte und sich fest an den Besitzer des Hahns hielt, der ihr so viel Freude bereitete.

Wir alle lachten über diese amüsierte Reaktion, während Joanna und der Moderator versuchten, dieses aufrechte Mitglied aus ihrer hungrigen Fotze zu entfernen.

Es gelang ihnen kaum.

Der nächste war ich.

"Schauen Sie sich die Brüste von drei Frauen an und identifizieren Sie sie dann mit verbundenen Augen, indem Sie sie nur mit Ihrer Zunge berühren."

Joanna meldete sich schnell freiwillig, ebenso wie zwei andere Frauen.

Ich schaute auf ihre Brüste, maß ihre Größe und Gesichtszüge und dann verbanden sie mir die Augen.

Meine Zunge erkundete abwechselnd jede der Titten.

Mir kam der Gedanke, dass wenn ich sie eifrig leckte, sie am Ende einen Klang der Freude ausstrahlten, der mir helfen würde zu wissen, wer jeder war.

Die zweite war still, bis meine Zähne ihre Brustwarze putzten und sie ein lustvolles Stöhnen nicht unterdrücken konnte.

Der dritte stöhnte beim ersten Lecken.

Ich sagte, Joanna sei die erste, und wer glaubte sie dann, dass die anderen beiden es waren?

Ich habe es richtig.

Ich habe bereits geglaubt, dass die Herausforderung vorbei war, als der Moderator sagte, er müsse eine Strafe absitzen.

Er hatte bemerkt, dass er seine Zähne an einem von ihnen benutzt hatte.

Er sagte mir, ich solle meinen Rock ausziehen.

Er wollte sagen, er solle mich weiter ausziehen, hörte aber auf, als er meinen heißen roten und schwarzen Strumpfgürtel sah.

Er sagte mir, dass ich mit meinem Rock weitermachen könnte, aber dass ich von nun an die gleichen Strafen wie die Spieler verbüßen müsste, die bereits nackt waren.

Er griff in die Strafbox und zog eine Karte heraus.

Er hat es mir nicht gezeigt, aber er ließ es von den drei verbleibenden Frauen lesen.

Sie näherten sich mir, umkreisten mich langsam und trugen mich zum Bett.

Joanna setzte sich darauf und die anderen beiden legten mich auf die Knie.

Die Frau, deren Brustwarze gebissen worden war, lag nahe an meinem Kopf, so dass mein Gesicht auf ihrer Muschi ruhte.

Er hielt meine Arme, damit ich mich nicht bewegen konnte.

Der andere hielt meine Beine und begann mit meiner Muschi zu spielen.

„Hast du gesehen, wie nass sie ist, Joanna? „Ich hörte ihn sagen.

In der Zwischenzeit fing er an, meine Klitoris mit einem Finger zu berühren und gleichzeitig mit einem anderen mein Inneres zu erkunden.

Unwillkürlich begannen sich meine Hüften auf Joannas Knien zu winden.

Plötzlich traf es mich hart.

Ich habe mich nicht beschwert, denn ich hatte Angst, die Bestrafung zu verpassen.

Es traf mich noch ein paar Mal und hörte schließlich auf.

„Wie viele gab es? "Ich wundere mich.

"Ich weiß nicht", antwortete ich verängstigt.

"Dann fangen wir wieder an", sagte er.

Joanna peitschte mich hart, während meine Muschi von dem anderen Mädchen erkundet wurde.

Diesmal habe ich mir angesehen, wie ich die Prügel gezählt habe.

Als er zwanzig war, blieb er stehen und sah die Frau an, die meine Arme hielt.

„Hat er schon angefangen dich zu lecken? Er hat gefragt.

" Ich antworte nicht.

"Wir werden wieder anfangen", rief Joanna aus.

Ich vergrub schnell mein Gesicht in dieser Muschi, die einer Frau gehörte, die, wie Sie vielleicht bereits bemerkt haben, nicht einmal ihren Namen kannte.

Joanna schlug mich immer härter.

Endlich blieb er stehen.

Diesmal hatte ich 23 Wimpern gezählt, obwohl ich befürchtet hatte, einige verpasst zu haben.

"Wie viele waren sie? Er fragte mich noch einmal.

"Fünfundzwanzig", sagte ich, um sicherzugehen.

"Nein, du musst es besser machen", sagte Joanna. "Wir werden wieder anfangen.

Der Rest der Leute applaudierte und jubelte ununterbrochen, aber nicht ich, sondern meine Folterer.

Ich hörte auch, wie Paul Joanna zu der Show gratulierte, die sie mich zum Anziehen brachte.

Während dieser ganzen Zeit hatten die Hände, die mit meiner Muschi spielten, kein Jota verlangsamt.

Ich hatte bereits die Anzahl meiner Orgasmen verloren (es waren mindestens fünf gewesen), und gemessen an der Häufigkeit, mit der die Frau, die ich ihre Muschi aß, meinen Kopf gepackt hatte, hatte sie mindestens drei gehabt.

Joanna stoppte ihre Schläge noch einmal.

"Wie viele waren sie? "Ich wundere mich.

"Fünfundzwanzig", sagte ich noch einmal und bereitete mich auf einen neuen Schlag vor.

"Richtig", sagte er ohne weiteres.

Dann sprach er die Frau in meinem Kopf an und fragte:

"Virginia, hat es dich zufrieden gestellt?

"Im Moment ja", hörte ich sie antworten, "es sei denn, sie lässt einen Schwanz wachsen ..."

„Und du, Julia? Er fragte den, der meine Muschi erforscht hatte.

"Ja", antwortete er mit schwerem Atem. "Für mich ist das okay."

Ich wollte aufstehen, aber Joanna hielt mich auf und brachte mich dazu, mich hinzulegen.

"Sie sind vielleicht fertig, aber ich habe es mir nicht" gesagt ". Jetzt müssen Sie die nächsten zehn Striche zählen, damit jeder in diesem Raum Sie hören kann. Dann wirst du mich, Virginia und Julias Fotzen küssen, um dir dafür zu danken, wie viel Spaß du mit uns hattest. "

Ich akzeptiere.

Er brauchte über eine Minute, um mich alle zehn Male zu schlagen.

Dann küsste ich Virginias Muschi ohne aufzustehen und dankte ihr.

Ich stand auf und küsste Julias Muschi und dankte ihr auch, um Joanna zum letzten Mal zu retten.

Das Pussyessen, das ich ihr widmete, dauerte ungefähr drei Minuten, bis ich endlich fühlte, wie sie kam.

Dann habe ich ihm auch gedankt.

Dabei wurde mir klar, dass er meinte, was er sagte.

Die Erfahrung war sehr erfreulich gewesen.

Jetzt war Paul an der Reihe ...

Paul suchte sich eine Herausforderungskarte aus und ich konnte an seinem Gesichtsausdruck erkennen, dass er nicht das bekommen hatte, was er erwartet hatte.

"Identifizieren Sie die Schwänze von drei Männern nur mit dem Mund und den Augen verbunden."

"Ich werde das nicht tun", sagte er und drehte sich zu mir um.

"Warte eine Minute", antwortete ich etwas genervt. "Du hattest eine großartige Zeit zu sehen, wie ich mit drei Frauen gefahren bin und jetzt willst du das nicht tun. Ich denke du bist unfair. "

"Aber ist das ...", begann er zu sagen. "Sind das ... Schwänze !!"

"Komm schon", sagte ich und sah, dass ich ihn bereits überzeugte. "Wenn du das tust, wird dir nichts passieren, es wird dir keinen Schaden zufügen." Denken Sie auch an die Bestrafung, die der Moderator Ihnen geben wird, wenn Sie sich weigern. "

Ich bin mir nicht sicher, welches meiner Argumente ihn schließlich überzeugen konnte. Der Punkt ist, dass er, nachdem er einen Moment länger darüber nachgedacht hatte, angekündigt hatte, dass er es versuchen würde.

Ich sah mir die drei Schwänze vor Paul genau an.

Er hatte die Augen verbunden und zitterte von Kopf bis Fuß.

Ich versuchte ihn aufzuheitern, indem ich ihm sagte, dass mich das enorm anmachte, was völlig richtig war.

Endlich entschied er sich und begann sich der Herausforderung zu stellen.

Am Ende war es nicht so schlimm, es endete in weniger als einer Minute und traf nur einen.

Der Moderator bat mich, ihm bei der Auswahl der Bestrafung zu helfen.

Mit verbundenen Augen ließen sie ihn auf der Bettkante sitzen.

Die Frauen, die noch im Raum waren, zogen sich aus.

Von diesem Moment an würden die Kleider nicht mehr als Strafe dienen.

Jeder von ihnen saß genau eine Minute auf seinem steifen Schwanz.

Ich war der vierte und Paul erkannte mich an den Strümpfen, die ich noch trug, oder vielleicht an etwas anderem.

Er bat mich, etwas länger zu bleiben, lange genug, um zu kommen.

Ich gab ihm einen Kuss, der seine Kehle verstopfte und setzte mich noch ein paar Momente auf ihn, als seine Hüften mich immer wieder drückten und versuchten, schnell zum Orgasmus zu gelangen.

Ich habe es nicht zugelassen.

Am Ende des Tages war es eine Bestrafung, also stand ich auf und ließ ihn auf halbem Weg zurück.

Joanna war die letzte, die seinen Schwanz einführte.

Sie erregte ihn gnadenlos und verließ ihn auch, bevor er kam.

"Wenn ich eine andere Strafe wählen muss, zögern Sie nicht, mich zu konsultieren", bot ich dem Moderator an, während Paul aufstand und erschöpft die Augenbinde abnahm.

"Mach dir keine Sorgen", lächelte er mich an. "Von nun an werden wir zwischen den beiden wählen."

Ich habe gesehen, wie Joanna die nächste Karte genommen hat.

Er las es sich vor und es schien amüsant.

Wir haben ihn gebeten, es vorzulesen, und er hat es getan.

"Wählen Sie drei Männer und berühren Sie ihre Schwänze. Setzen Sie sich dann mit verbundenen Augen auf sie und identifizieren Sie ihre Besitzer."

Sie ging auf und ab und wählte seltsamerweise zwei Männer mit den größten Schwänzen.

Als sie Paul erreichte, blieb sie vor ihm stehen und nahm sanft seinen Schwanz.

Paul trat einen Schritt vor, glücklich, denn jetzt würde er die Chance haben, das zu beenden, was wir ihm vorher nicht hinterlassen hatten.

Aber Joanna ließ sie los und lächelte grausam.

"Im Moment hast du genug", sagte er. "Wenn du gut bist, werde ich dich vielleicht für ein anderes Spiel auswählen."

Und sie ging von ihm weg und ließ ihn mit einem steifen Schwanz und einem enttäuschten Blick auf seinem Gesicht zurück.

Ich musste lächeln.

Es hat ihm gut getan.

Joanna wählte den dritten und brachte ihn mit den anderen beiden.

Sie berührte jeden der Schwänze, bis sie hart waren und als sie fertig war, hatte sie die Augen verbunden.

Dann spießte er sich auf jeden von ihnen auf, ohne einem der drei eine Chance zu geben, zu kommen.

Sie hat den dritten Schwanz hart getroffen.

Unverständlicherweise hatte keiner von ihnen Recht.

Wir alle stellten fest, dass ich absichtlich versagt hatte, selbst der Moderator, der mich zum Überlegen anrief.

Schließlich fanden wir eine Bestrafung gemäß Joannas Persönlichkeit, obwohl wir alle tief im Inneren wussten, dass es mehr als eine Bestrafung war, ein Geschenk für sie.

Wir banden Joanna mit dem Gesicht nach unten an das Bett, so dass ihre Taille an der Kante gebeugt war und sie auf den Knien blieb, wobei ihr Arsch uns allen ausgesetzt war.

Die Bestrafung würde darin bestehen, dass jeder Mann sie genau eine Minute lang von hinten fickt.

Ich würde an ihrer Seite sein, um ihr jeden der Schwänze vorzustellen.

Der Moderator würde sich Zeit nehmen.

Eine Geste von ihm wäre das Signal, dass die Zeit abgelaufen ist und dass sie seinen Schwanz entfernen sollten.

Wenn sie sich weigerten, wäre ich derjenige, der dafür verantwortlich ist, es mit Gewalt zu entfernen (wenn nötig, sie bei den Eiern zu nehmen).

Ich ging zu Paul und sagte etwas in sein Ohr.

Dann nahm ich meinen Platz ein.

Ich packte den ersten der sechs Schwänze, die mit beiden Händen in Joannas Loch eindringen würden.

"Die Spitze ist ein bisschen trocken", log ich, weil mich das alles am geilsten machte. "Ich denke, ich muss sie mit meiner Zunge anfeuchten."

Ich habe dies getan und mehr als nötig neu erstellt, was mir einen Verweis vom Moderator einbrachte.

Dann habe ich es fachmännisch vorgestellt.

Gerade als Joanna anfing, sich rechtzeitig mit ihrem Partner zu bewegen, gab mir der Moderator das Signal, aufzuhören.

Ich packte seinen Schwanz sanft und zog ihn schnell heraus.

Ich befeuchtete auch die zweite mit meinem warmen Mund, da es, wie gesagt, "notwendig" war.

Als ich es hineinsteckte, begann sich sein Schwanz blitzschnell hinein und heraus zu bewegen.

Trotzdem zog ich sie heraus, bevor sie zufrieden sein konnte.

Der dritte und der vierte verliefen auf die gleiche Weise.

Der Moderator war der fünfte.

Ich schaute auf seinen Schwanz und schüttelte langsam meinen Kopf.

"Ich denke, ich muss diesen Schwanz auch nass machen", sagte ich böswillig.

Ich steckte es in meinen Mund und begann es zu lecken und zu saugen, als wäre sonst niemand im Raum.

Ich habe mehr Zeit dafür aufgewendet als für alle anderen.

Endlich hielt er mich mit seiner Hand auf.

"Ich denke genug ist genug", sagte er und schnappte vor Aufregung nach Luft.

„Bist du sicher, dass ich aufhören soll? Ich fragte sinnlich.

"Im Moment ja", sagte er zu mir. "Später darf ich dich weitermachen lassen.

Der Moderator war genau eine Minute und derjenige, der dem Cumming am nächsten kam, wegen der Aufregung, die mein Schwanzessen ihm verursacht hatte.

Paul war der letzte.

Joanna hatte ihre Hüften fest gegen die letzten beiden Schwänze gedrückt und versucht, einen Orgasmus zu bekommen, aber es gelang ihr nicht.

Ich beschloss, dass ich sie vor dem letzten Angriff ein bisschen mehr leiden lassen würde.

Ich teilte langsam die Lippen ihrer Muschi mit der Ausrede, dass auf diese Weise der Schwanz leichter eintreten würde.

Das ließ Joanna vor Vergnügen schaudern.

Dann glitt mein Finger über ihren Kitzler und erregte sie noch mehr.

Ich dachte genug war genug und ließ Paul näher kommen.

Er schob sie hinein, als Joannas Muschi mehr als geschmiert war.

Er fing an, ihm kräftige Stöße zu geben, wie es die anderen getan hatten, aber nach dem vierten nahm ich es ihm ab und ließ ihn es in seinen Arsch schieben.

Gerade am Ende der Minute der Strenge gab mir der Moderator das Signal, es zu entfernen.

Joanna drückte sich mit den Hüften zurück, um zu versuchen, das geschwollene Glied an Ort und Stelle zu halten, war jedoch erfolglos.

Der Moderator starrte mich an.

"Jetzt werden wir abstimmen, um über die Strafe zu entscheiden, die wir Ihnen auferlegen", sagte er mir und sprach laut, damit die ganze Welt ihn hören konnte.

" Bestrafung? Mir? Aber wieso? Sagte ich ungläubig.

"Weil er die Regeln des vorherigen Spiels geändert hat", antwortete er. "Die Schwänze konnten nur in ihre Muschi und nicht in ihren Arsch eindringen. Außerdem durften Sie ohne meine Erlaubnis nicht alle Schwänze essen. "

Niemand hat dagegen gestimmt.

Währenddessen sah ich, wie Joanna sich auf den Rücken rollte und ihre Hand langsam zu ihrem hungrigen Kitzler schwebte.

Die Leute waren zu einer Entscheidung gekommen.

"Wir werden Ihnen die Augen verbinden und dann werden wir alle tun, was wir wollen, ohne dass Sie wissen, wer was getan hat", rief der Moderator lächelnd aus.

Plötzlich legte mir jemand eine Augenbinde über die Augen und mehrere Hände drückten mich auf das Bett.

Eine Sekunde später trat ein Schwanz in meinen Mund und ich begann eifrig daran zu saugen.

Ein zweiter Schwanz grub sich in meine tropfende Fotze, aber nach vier Stößen kam er heraus.

Dann fühlte ich mich, als hätte jemand mein Gesäß getrennt und unmittelbar danach drang ein weiterer Schwanz (oder vielleicht derselbe) mit einem einzigen Stoß in meinen Arsch ein.

Ich wollte schreien, aber der Schwanz, der in meinem Mund vergraben war, hielt mich auf.

Sie legten mich langsam auf meine Seite, so dass weder die Schwänze, die mich fickten, noch die beiden Münder, die anfingen, meine Titten zu lutschen, von ihren Zielen wegkamen.

Ich bemerkte, dass mindestens eine von ihnen einer Frau gehörte, weil ihre Gesichtshaut sehr weich war, ohne eine Spur von Bart.

Mehrere Leute drängten sich um mein Geschlecht und versuchten, in mich einzudringen.

Nach einem leichten Kampf gelang es einem von ihnen.

Der Kampf, der sich zwischen den Menschen zwischen meinen Beinen gebildet hatte, war so groß, dass ich das Gefühl hatte, als würden mich mehrere Menschen gleichzeitig ficken.

Es war, als wären alle Leute auf mich gekommen.

Der Schwanz in meinem Mund ging unerbittlich in sie hinein und aus ihr heraus, während der Schwanz in meiner Muschi weiter pumpte, aber mit einigen Schwierigkeiten.

Der auf meinem Arsch drang immer noch in mich ein, aber es schien, dass der größte Teil der Anregung von seinem Besitzer von meinen Bemühungen kam, den Stößen aller anderen entgegenzuwirken.

Anscheinend hatten die beiden Leute, die an meinen Brüsten saugten, beschlossen, mich anzuschalten und zu stimulieren, so viel ich konnte.

Die Wahrheit ist, dass ich froh war, dass mir die Augen verbunden waren, damit ich mich voll und ganz auf das konzentrieren konnte, was sie mir angetan haben.

Zu sehen, was geschah, hätte nur als Ablenkung gedient.

Eines der Mädchen nahm meine Hand, legte sie auf ihre Muschi und fing an, sich mit meinen Fingern zu reiben und sie zum Masturbieren zu benutzen.

Sie war von allem so verwirrt, dass sie nicht reagieren konnte.

Es war, als wäre ich ein Objekt geworden, als wäre ich meines Willens beraubt worden.

Der Schwanz in meinem Mund begann zu pochen.

Sekunden später schoss mir ein Milchstrahl in die Kehle.

Ich versuchte alles zu schlucken, aber einige fielen mir auf die Wange.

Bevor ich mich erholen konnte, legten sie eine Muschi an ihre Stelle, die ich unverzüglich zu lecken begann.

Anscheinend hatten die beiden, die meine Muschi und meinen Arsch fickten, einen gemeinsamen Rhythmus gefunden.

Mit ihren Stößen haben sie mich dazu gebracht zu kommen.

Ich war mitten in meinem zweiten Orgasmus, als ich einen Schrei hörte und der Mann, der meine Muschi fuhr, kam.

Dann, als er sich langsam zurückzog, spürte ich, wie sein Sperma langsam aus meinem Loch floss.

Sein Partner, der sich ganz meinem Arsch verschrieben hatte, pumpte noch härter.

Ein Gesicht erschien auf meiner Muschi und begann es leidenschaftlich zu lecken.

Das Gefühl, in den Arsch gefickt zu werden, während jemand anderes meine Muschi aß, war neu für mich.

Ich fing wieder an abzuspritzen.

Jemand fing an, an meinen Haaren zu ziehen.

Trotz der Schwierigkeiten versuchte ich, den Anforderungen der Muschi, die sich auf meinem Gesicht befand, gerecht zu werden.

Ein neuer Schwanz erschien in meiner Hand und ich begann ihn auf und ab zu wackeln.

Einer der Münder an meinen Brustwarzen verschwand und nahm an seine Stelle ein Paar starker Hände, die meine Titten schrubbten und sie kneteten, als wären sie Brotteig.

"Ich denke, dieses Mädchen möchte ein paar Mal verprügelt werden", sagte eine Stimme zu meiner Rechten, die ich nicht herausfinden konnte, wer es war.

Die Muschi, an der ich saugte, drückte sich noch näher an mein Gesicht.

Ich leckte es so gut ich konnte.

Ihre Schenkel drückten meinen Kopf, als ich zum Orgasmus kam.

Schnell ersetzte ihn ein neuer Schwanz und arbeitete sich in meinen Mund hinein.

Ich stellte mir eine Reihe von Leuten vor, die sich an jeder meiner Attraktionen anstellten und darauf warteten, dass sie an die Reihe kamen.

Mir wurde klar, dass ich die Verbindung zwischen diesen Geschlechtsorganen und den Menschen, an die sie gebunden waren, verloren hatte.

Die Augenbinde hatte alles weggenommen, außer meiner Fähigkeit zu fühlen, was geschah.

Ich musste zugeben, dass ich von dem Moment an, als ich diesen Raum betrat, insgeheim gehofft hatte, dass so etwas passieren könnte.

Die Wahrheit war, dass Joanna, seit sie meinen Kitzler zum ersten Mal mit ihren Fingern erregte, in einem Zustand ständiger Erregung war.

Anscheinend hatte der Mann, der mich fickte, endlich den Punkt ohne Wiederkehr erreicht.

Er packte meine Hüften und übernahm das Kommando über meine Bewegungen.

Sekunden später spürte ich, wie große Samenstrahlen von seinem Schwanz in mein Inneres geschleudert wurden.

Dann legte er sich neben mich und ich fühlte, wie sein Schwanz weicher wurde und langsam aus meinem Arsch kam.

Unmittelbar danach war er weg und ließ mein hinteres Ende frei.

Der Mund meiner rechten Meise wurde durch eine andere starke Hand ersetzt. Jetzt wurden meine Brüste als Team massiert.

Plötzlich verschwand eine der Hände.

Sekunden später bemerkte ich etwas in meiner Brust, im Tal, das meine beiden Titten bildeten.

Es war eine Hand, eine Hand, die mit einer Art Schmiermittel verschmiert war.

Er ging immer wieder über meine Titten und schmierte sie mit dieser schleimigen Flüssigkeit.

Jemand stieg auf meinen Bauch, kletterte auf meinen Körper und legte einen harten Schwanz zwischen meine geschmierten Titten.

Seine Hände schlossen sich meinen Brüsten an und verwandelten sie in eine Muschi, die zum Ficken bereit war.

Die Hüften des Mannes bewegten sich wahnsinnig schnell hin und her.

Der Schwanz in meinem Mund verschwand, ohne seine Ladung in meinen Hals zu schießen, und der Schwanz in meiner Hand wurde durch eine feurige Muschi ersetzt.

Jemand hat mich auf den Mund geküsst, glaube ich, eine Frau, die ihre Zunge in meinen Hals schlängelt.

Ich konnte fühlen, wie das Sperma von meinem Arsch und meiner Muschi tropfte.

Der Schwanz, der meine Titten fickte, erhöhte seine Geschwindigkeit.

Jemand hob meine Beine und legte meine Muschi frei.

Sie peitschten mich zehnmal hart in den Arsch, während eine Hand einen Platz auf meiner Muschi einnahm und mich masturbierte.

Der Schwanz auf meiner Brust begann mit Gewalt Sperma zu spucken.

Es traf mich ins Gesicht und tropfte dann von ihr.

Er muss auch die Frau erreicht haben, die mich küsste, aber das hinderte ihn nicht daran, seine Zunge für eine Sekunde in mich zu stecken.

Das bereits schlaffe Mitglied entfernte sich von meinen Titten.

Der küssende Mund entfernte sich ebenso wie der Finger von meinem Kitzler.

Für einen Moment lag ich nur erschöpft da.

Etwa eine Minute später wurde die Augenbinde entfernt.

Sie gaben mir ein Handtuch und ich wischte mich sanft damit ab, als ich die versammelte Gruppe beobachtete.

Unter ihnen war Paul, mein Freund, der ebenfalls teilgenommen hatte.

Mir wurde klar, dass ich ihn unter all den Menschen, die mir ununterbrochen Freude bereiteten, nicht erkannt hatte.

"Jetzt werden Sie sich bei jedem Einzelnen von uns dafür bedanken, dass Sie eine so angenehme Zeit hatten", sagte der Moderator zu mir.

Ein paar Momente später küsste er jede der Fotzen der Frauen.

Dann steckte ich jeden der Männerschwänze in meinen Mund und dankte jedem von ihnen.

In diesem Moment öffnete sich die Tür.

" Wo sind alle? "Sagte der Neuankömmling" Verdammt, ich glaube ich habe das falsche Zimmer! "

ENDE

GEHALTSERHÖHUNG
ERIKA SANDERS

35

Anita klopfte an die Tür, als wollte sie sie nicht zerbrechen.

Dies ergab keinen Sinn, da sie die einzige Person war, die noch im Donut-Laden war.

Sie und die Person auf der anderen Seite der Tür.

"Komm rein", klang die Stimme dieser Person.

Anita öffnete die Tür, trat ein und schloss sie hinter sich.

Das Klicken des Schlosses, als er es mit dem Türknauf drückte, schien im ruhigen Büro ohrenbetäubend.

Eric Galvez sah von den Unterlagen auf seinem Schreibtisch auf.

Er warf einen Blick auf Anita, eine brünette und süße mexikanische Angestellte, die die Schuluniform des Geschäfts, ein weißes Hemd mit Knöpfen und einen kurzen karierten Rock trug und eine Tüte Donuts in der Hand hielt.

Sie hatte einen makellosen Körper und dichtes, geschichtetes brünettes Haar, das nicht bis zu ihren Schultern reichte.

"Hallo Anita", sagte Eric.

Der Geschäftsleiter, verheiratet, zwei Kinder und Mitte vierzig, legte den Stift hin und lächelte.

"Hi. Tut mir leid, wenn ich etwas unterbrochen habe", sagte sie schüchtern.

"Natürlich nicht", versicherte Eric ihm. "Setzen Sie sich".

Das kleine Büro des Managers bestand aus einem Sofa, zwei Stühlen, einem Schreibtisch und Aktenschränken.

Eric sah Anita auf sich zukommen, ihr Rock schwang von einer Seite zur anderen.

Sie saß auf dem Stuhl gegenüber von Erics Schreibtisch, schlug die langen Beine übereinander und ließ ihren Rock bis zu den Schenkeln herunter.

Er stellte die Tasche neben sie auf den Boden.

"Was ist los?", Fragte der Manager.

Anita zögerte, holte tief Luft und fuhr langsam mit den Fingern einer Hand über ihr Oberschenkel, von der Unterseite ihres Rocks bis zu ihrem Knie.

"Ich denke darüber nach, vom gemieteten Zimmer in eine Wohnung zu ziehen", sagte er.

Sie war eine Studentin im dritten Jahr an einer örtlichen Universität und arbeitete an verschiedenen Orten an Orten, deren Stunden ihren Unterricht nicht beeinträchtigten.

"Großartig", sagte Eric aufgeregt und blieb dann stehen. "Und brauchst du mehr Geld? Eine Gehaltserhöhung?"

Anita sah ihn schüchtern an, bevor ein ernsterer Ausdruck auf ihrem Gesicht erschien.

„Ich kann nicht glauben, wie viel sie um Miete bitten. Und die Anzahlung ist … ", begann er zu sagen.

"Ich weiß", unterbrach Eric ihn.

Er sah sie einen Moment an.

Sie hatte fast ein Jahr für ihn gearbeitet und ein anderes Mal um eine Gehaltserhöhung gebeten.

In diesem Fall hatte sie ihren Körper benutzt, um seine Entscheidung zu "beeinflussen".

Eigentlich hatte er seitdem eine weitere Anfrage von ihr gewollt.

Eric schaute auf die Tüte mit den Donuts neben sich.

"Nimmst du ein paar Donuts mit nach Hause?", Fragte er.

Anitas Augen fielen auf die Tasche und gingen zurück zu ihrem Chef.

"Nein. Es ist für dich … für uns", antwortete sie.

Eric brauchte keine weiteren Erklärungen.

Er hatte auch das letzte Mal eine Tasche mitgebracht.

Und diesmal wusste er, was zu tun war.

Er stand auf, ging um den Schreibtisch herum und ging hinter Anitas Stuhl.

Sie beobachtete seinen athletischen Körper, bis er hinter ihr verschwand.

Ein Schauer lief ihr erwartungsvoll über den Rücken.

"Also hast du mir einen Donut gebracht", sagte Eric leise. "Und du möchtest teilen."

Anita nickte leise.

Eric sah die junge Frau an, deren Hemd oben aufgeknöpft war und deren gebräunte Beine sich unter ihrem ausgestellten Rock ausbreiteten.

Seine Hände klammerten sich nervös an die Enden der Arme auf dem Stuhl.

Eric legte seine Hand auf die Haare des Mädchens und fuhr mit seinen Fingern über ihren Nacken.

Er spürte die warme Haut unter dem Kragen seines Hemdes und legte dann seine Hand auf die Vorderseite seines Halses, bevor er nach dem oberen Knopf griff.

In einer flinken Bewegung löste er den Knopf; gefolgt vom nächsten.

Die Spitzen ihrer Brüste kamen in Sicht, umhüllt von einem schmalen blauen BH.

Seine Finger glitten über die glatte Haut ihrer linken Brust und kehrten dann zum nächsten Knopf zurück.

Mit beiden Händen umkreiste er ihren Hals und öffnete jeden Knopf oben an ihrem Rock.

Eric zog das Hemd aus ihrem Rock und öffnete den letzten Knopf.

Anitas Hemd fiel so weit auf, dass Eric den größten Teil jeder Brust von oben sehen konnte.

Er sah zu, wie sie sich hoben und senkten, während sie schwer atmete.

Ein zentraler Haken zwischen ihren Brüsten hielt ihren BH zusammen.

Das war kein Zufall, dachte Eric bei sich.

Er griff nach unten und löste den BH, ließ die beiden Hälften frei auf den Enden ihrer Brüste ruhen.

Anita saß weiterhin regungslos da und starrte auf Erics Hände oder geradeaus.

Sie wusste, dass sich die Dinge schnell ändern würden.

Eric legte seine Hände auf ihre Brüste und ließ sie fallen, bis seine Finger ihren BH entfernten.

Er nahm ihre nackten braunen Brüste in seine Hände und hielt sie für einen Moment sanft fest.

Schließlich legte er Anitas Brustwarzen zwischen Daumen und Zeigefinger und drückte sie zärtlich.

Die junge Frau seufzte hörbar.

Eric spürte, wie sein Schwanz innerhalb seiner Hosen hart wurde, als er seine Brustwarzen manipulierte.

Sie verhärteten sich unter seiner Berührung und Anita spürte, wie ein aufgeregter Stich durch ihren Bauch zu ihrer Muschi wanderte.

Eric schlang seine Hände um ihre Brüste, konnte sie aber kaum in seinen Griff füllen.

Er hob sie hoch und sah zu, wie sie sich in seinen Handflächen niederließen.

Er kam um den Stuhl herum und stand zwischen dem Schreibtisch und Anita und sah sie kurz an.

"Steh auf und zieh dein Hemd aus", sagte er mit ruhiger Stimme.

Anita kreuzte ihre Beine nicht und stand ein paar Zentimeter von ihrem Chef entfernt.

Er hob das Hemd über seine Schultern und ließ es auf den Stuhl fallen.

Ohne anzuhalten, tat sie dasselbe mit ihrem BH.

Eric legte seine Hände auf die Außenseite von Anitas Schenkeln und hob seine Hände, bis sie unter ihrem kleinen Rock verschwanden.

Anita spürte, wie sich seine Hände über die Außenseite ihres Höschens und über ihren Hintern erhoben.

Dann legte Eric seine Hände auf ihre Taille und packte den Riemen ihres Höschens.

Langsam senkte er sie und kniete nieder, als sie an ihren Knien vorbei und auf ihre Füße gingen.

Er legte das schwarze Höschen auf den Stuhl und zog ihre Schuhe aus.

Nachdem sie aufgestanden war, schaute sie auf ihren Rock und sagte: "Zieh es aus."

Anita knöpfte ihren Rock auf, ließ ihn zu Boden fallen, trat heraus und trat ihn beiseite.

Eric bewunderte ihre kleine Taille, die vollen Hüften und die Oberschenkel.

lange Beine und kleine Füße.

Seine Augen kehrten zu ihrer Muschi und zu der kleinen, dünnen dunklen Haarsträhne an ihrem Kitzler zurück.

Anita fühlte sich in diesem Moment außerordentlich sexy, und die Luftfeuchtigkeit zwischen ihren Beinen nahm von Sekunde zu Sekunde zu.

Sie wollte den Mann nackt vor sich haben und sie wusste, dass es unvermeidlich war.

"Zieh mich aus", sagte er zu ihr.

Er musste seine Bewegungen absichtlich verlangsamen, um sein Verlangen nicht zu offenbaren.

Es dauerte jedoch nicht lange, bis Anita Erics Hemd über den Kopf zog und einen gut gebauten, wenn nicht übermäßig muskulösen Oberkörper enthüllte.

Sie sah nach unten und schnallte ihren Gürtel ab. Erics Augen wechselten zwischen ihren Brüsten und Händen.

Sie knöpfte seine Hose auf und zog sie herunter, bis sie von selbst auf ihre Waden fielen.

Anita kniete nieder und zog ihre Schuhe und Socken aus, bevor sie ihre Hose auszog und sie beiseite warf.

Er freute sich auf die wachsende Ausbuchtung seiner Boxer, packte dann den Bund und zog sie herunter.

Erics riesiger Schwanz war nur halb aufgerichtet, aber Anita spürte eine Welle der Aufregung über sich fließen, als er seine Boxer auszog.

Sie stand auf und sah ihren Chef an.

Zu Anitas Erleichterung machte er den ersten Schritt, indem er sie umarmte und zu sich zog.

Er küsste sie leidenschaftlich, drückte seinen Schwanz gegen ihren Körper und bewegte seine Hände zu ihrem Arsch.

Eric drückte seine weichen Wangen, als sich ihre Zungen zwischen seinen Lippen trafen.

Anita spürte, wie ihre Fotze gegen ihren Körper drückte, nicht sicher, ob sie entschlossener war, sich selbst oder Eric zu befriedigen.

Ihr Kuss ging weiter, als sie eine Hand um seinen Schwanz legte und fühlte, wie er pochte.

Der Schwanz begann nach oben zu zeigen und das Mädchen pumpte wiederholt ihre Hand auf und ab.

Als der Kuss vorbei war, sah Eric Anita an und sagte:

"Meine Frau tut mir das nicht an. Du machst es wunderbar."

"Danke, ich bin froh, dass es dir gefällt", lächelte er.

"Ich habe Hunger", sagte Eric.

"Ich auch".

Sie gingen zum Sofa.

Eric schnappte sich unterwegs die Tüte mit den Donuts.

Er fand Zeit, Anitas kleinen runden Hintern mit seinen Schritten hüpfen zu sehen, bevor er sich auf die Couch legte, ihren Kopf auf einem kleinen Kissen an einem Ende.

Eric griff in die Tasche und holte einen Donut und ein kleines Plastikmesser heraus.

„Ah, gefüllt mit Vanillecreme. Meine Favoriten ", sagte er. "Möchten Sie teilen?"

"Ich würde es gerne tun", antwortete Anita.

Eric kniete nieder, legte den mit Schokolade überzogenen Donut auf den flachen Bauch des Mädchens und schnitt ihn vorsichtig mit dem Messer in zwei Hälften.

Ein Schauer lief durch Anitas Körper, als das Messer kaum ihre Haut streifte.

Eric sah zu, wie sie zuckte, als die Klinge des Messers aus dem dicken Donut wieder auftauchte. Dann legte er das Messer und die Hälfte des Donuts auf die Tasche auf dem Boden.

Er hob den Donut von ihrem Bauch und drehte das mit Sahne gefüllte Zentrum zu ihr.

Methodisch senkte er sie, bis sich die Brustwarze ihrer rechten Brust direkt unter der Creme befand.

Mit einem langen, glatten Strich zog er eine Schicht Vanillecreme über das Ende ihrer Brust.

Anita schloss die Augen, als die kalte Polsterung ihre Brustwarze und die umgebende Haut bedeckte und Wellen durch ihren Körper zu ihrem Bauch und ihrer Muschi sandte.

Eric schob den Donut leicht zur Seite und wiederholte den Vorgang, wobei er neben dem ersten ein zweites Cremeband hinzufügte.

Schließlich drehte er den Donut um und rieb den Schokoladenüberzug über die Spitze ihrer steifen Brustwarze.

Eric legte den Donut in die Tasche und sah Anita an.

Sie beobachtete aufmerksam, erwartete ihren nächsten Schritt und bat ihn schweigend, sie zu verschlingen.

Eric bewegte seinen Kopf über ihre Brust und leckte ihre Brustwarze, um die süße Schokolade zu genießen.

Anita stöhnte fast laut auf, fing sich aber und sah zu, wie sich die Zunge ihres Chefs verlängerte, um einen Zentimeter über und unter der Brustwarze einzuschließen.

Er schluckte einmal, bevor er zur Brust zurückkehrte. Diesmal öffnete er den Mund weit und platzierte so viel wie möglich von der vollen, runden Brust des Mädchens.

Seine Zunge kratzte mehrmals über die Brustwarze, bevor sich seine Lippen um das rosa Fleisch schlossen und daran saugten.

Diesmal konnte sich Anita nicht helfen.

"Oh Gott", flüsterte er.

Eric hob den Kopf und leckte sich die Creme von den Lippen.

Als sein Mund wieder auf Anitas Brust landete, drückte seine Hand ihre Brust nach oben und er leckte hungrig den Rest der Vanillecreme von ihrer Haut.

Es kam immer wieder auf die Brustwarze zurück.

Anita bog den Rücken und drückte ihre Brust höher.

Sie spürte, wie die Nässe zwischen ihren Beinen mit jedem Zungenschlag über ihre Brustwarze stieg und sie war sich sicher, dass er sie kommen lassen könnte, wenn er sie so hielt.

Sie griff wieder nach dem Donut und verteilte diesmal die weiße Füllung und Schokolade in größerer Menge auf ihrer linken Brust.

Die Creme bedeckte fast zwei Drittel der Brust und ließ Eric mit einem fast hohlen halben Donut in der Hand zurück.

Nachdem er den Donut wieder in die Tasche gelegt hatte, beugte er sich über Anitas Körper und legte ihre Brust akribisch nacheinander frei.

Das Mädchen legte ihre Hand auf Erics Kopf und drückte sie fester gegen seine Brust.

Währenddessen bewegte sich seine Hand von ihren Hüften zu zwischen ihren Beinen und streichelte kurz den Kitzler, der unter einer sorgfältig geschnittenen dunkelbraunen Haarsträhne vergraben war.

"Oh Jesus", sagte sie leise. "Das fühlt sich so gut an."

Mit nur einer kleinen Menge Vanillecreme auf der Brust kletterte Eric auf die Couch und legte seine Beine zwischen seine.

Sein Schwanz war jetzt vollständig aufgerichtet und zeigte in einem scharfen Winkel nach oben.

Er beugte sich vor, legte seinen Schwanz auf die cremefarbene Brust und bewegte ihn von einer Seite zur anderen, bis er eine kleine Schicht der weißen Polsterung hatte.

Anita benutzte ihre Hand, um den Schwanz auf die Bereiche mit der meisten Creme zu lenken.

Bald war es vom rosa Kopf bis zur Basis weiß.

Anita sah zu, wie Eric nach vorne rutschte und seinen Schwanz an ihre Lippen brachte.

Eifrig öffnete sie den Mund und nahm das Geschenk an.

Der zuckerhaltige Geschmack der Creme ließ sie fast die Liebe vergessen, die sie für den Geschmack eines heißen, harten Schwanzes empfand.

Seine Zunge wirkte auf allen Seiten des Mitglieds, als Eric sie in seinen Mund hinein- und herausschob und ihn vor Vergnügen stöhnen ließ.

"Ummmm, Anita. Saug mich Leck mich so ", sagte Eric. "Ja, ja. So."

Das Mädchen brauchte ein paar Minuten, um die letzte Creme von seinem Schwanz zu bekommen; saugen, lecken und schlucken so schnell er konnte.

Als es vorbei war, war Eric härter als zuvor und näherte sich dem Höhepunkt.

"Fick mich, Eric", rief Anita laut aus. "Ich will dich in mir. Bitte."

Als ihr Chef von der Couch stieg, spreizte Anita ihre Beine und hob die Knie.

Als sie seinen Schwanz am Eingang ihrer Muschi hatte, war ihre Hand in Position, um ihn zu ihr zu führen.

Sogar sie war überrascht, wie bereit sie für ihn war.

Sobald der Kopf des geschwollenen Penis die Öffnung fand, konnte Eric sich senken, bis sich ihre Schenkel in einem sanften Schlag trafen.

"Gott ja. Fick mich ", sagte Anita.

Eric kam ihren Forderungen schnell nach.

Er hob sie in ihren Arsch und begann seinen Schwanz hinein und heraus zu schieben, fühlte, wie sich ihre Vagina regelmäßig zusammenzog.

Anita hob ihre Beine und schlang sie sanft um Erics Taille, sodass er sie noch höher heben konnte.

Anitas Brüste schwankten rhythmisch.

Er kniff gelegentlich in ihre Brustwarzen und schickte so etwas wie elektrische Ströme direkt in ihre Muschi.

Währenddessen positionierte sich Eric neu, so dass eine freie Hand ihren Kitzler massieren konnte.

Er fand die aufgeblasene Beule leicht und rieb sie.

Der Kopf des Mädchens begann von einer Seite zur anderen zu schwanken und zu murmeln:

"Scheiße. Scheisse. Ja da. Dort!"

Eric rieb sich stärker und spürte, wie sich sein Körper zusammenzog.

Ihre Beine drückten ihn fest und sie schrie: „Ahhhh. Oh Gott. Jetzt."

Ihr Orgasmus begann mit einem weiteren gedämpften Stöhnen und ihre Hüften ruckten hoch, um seinen Stößen nach unten zu begegnen.

Mindestens dreißig Sekunden lang drang Eric immer wieder in sie ein, während sie stöhnte und schrie, er solle sie ficken.

Eric wollte, dass das Gefühl ihrer engen Muschi um seinen Schwanz und ihres sich unter ihm krümmenden Körpers für immer anhielt.

Er hielt sich an ihrem Arsch fest, als sie sich langsam auf der Couch niederließ.

Jetzt konnte Eric sich auf seinen eigenen Körper konzentrieren und spürte, wie die erste Spermawelle aus seinen Bällen stieg.

Anita spürte den Orgasmus auf sich zukommen und drängte ihn weiterzumachen.

"Das war's. Komm schon, Sperma auf meine Muschi."

Erics Schwanz explodierte in einer Flut von Sperma, die Anita fühlte, als sie ihr Inneres füllte.

Die warme Flüssigkeit schoss in mehreren Düsen heraus, die jeweils von einem lauten Stöhnen begleitet wurden.

Eric packte Anita am unteren Teil der Schultern und drückte ihren Körper gegen seinen.

Als sie fertig werden wollte und mit seinem Schwanz tief in ihr stehen blieb, drückte Anita ihre Muschi fest.

"Ahhh, verdammt. Hör auf ", murmelte Eric, fast außer Atem und halb lachend.

Er zitterte ein letztes Mal und fiel schlaff und völlig erschöpft von ihr.

Er lag in ihren Armen, seinen Kopf auf seiner Brust und seine Beine immer noch um seine Taille gewickelt.

"Alles was du tun musst ist zu fragen wann immer du willst", sagte Eric leise, sein Finger fuhr über den Umriss ihrer Brustwarze.

"Ich hatte heute Hunger", sagte sie.

ENDE

47

UNERWARTETE SITUATION
ERIKA SANDERS

49

Kapitel I

"Ich werde im Raum auf dich warten und etwas Aufschlussreiches anziehen", hatte John gesagt.

Sie behandelten ihn wie Essen zum Mitnehmen, dachte Gina, als der Anruf endete.

Und so fühlte sie sich jetzt, als sie Make-up in den Schminktischspiegel auftrug: schattierte Augen, rote herzförmige Lippen und gerade genug Make-up auf ihrem Gesicht, um sie nicht wie eine Wachsfigurenfigur aussehen zu lassen.

Möchtest du noch etwas in deiner Bestellung, Schatz?

Zufrieden mit ihrer Arbeit ging sie barfuß über den Schlafzimmerteppich, trug nur BH und Höschen und öffnete den Schrank.

Aus einem Regal über ihrer Kleidung holte sie eine kleine Schachtel Geld heraus und trug sie ins Bett.

Als sie es öffnete, fielen viele zehn und zwanzig auf die Seidenblätter.

Gina zählte vier von zwanzig und legte den Rest in die Schachtel.

Sie stellte die Schachtel wieder in den Schrank, steckte das Geld in ihre Handtasche und begann sich anzuziehen.

John lebte auf der anderen Seite der Stadt in einem luxuriösen Einfamilienhaus mit fünf Schlafzimmern in der Nähe des Kanals.

Je nach Nachmittagsverkehr würde er zehn Minuten brauchen, um dorthin zu fahren.

Er war ein relativ neuer Kunde von ihr, der bisher sechs Mal gedient hatte.

Sie hasste es.

Er war arrogant, unhöflich und völlig pervers.

Er war italienischer Abstammung: olivfarbene Hautfarbe, eine große Nase und dichtes schwarzes Haar.

John aß gern und Gina dachte, er sah aus wie eine Kreuzung zwischen einem Gangster aus den 1940er Jahren und einem Schwein mit dickem Bauch.

Er hatte damit geprahlt, dass er Verbindungen zur kriminellen Unterwelt hatte, aber Gina war sich nicht sicher, wie viel von dem, was er sagte, wahr war.

Sie dachte, er wollte sie nur beeindrucken.

Sie konnte nicht verstehen, warum Männer dies für Mädchen attraktiv fanden.

Gina hasste Gewalt und schaltete einen Film beim ersten Anzeichen von Blut oder Gewalt aus.

Aber John war definitiv in einer Art unzuverlässigem Geschäft.

Sie hatte Waffen in ihrem Haus gesehen.

Er hatte während ihrer sexuellen Beziehung hitzige Telefonanrufe mitbekommen, die John nicht ignorieren wollte.

Apropos Geld und Drogen.

Sie fand Männer wie John abscheulich: gierig, egoistisch, unehrlich und korrupt.

Sie brauchte das Geld jedoch zu sehr.

Ginas Leben war voller Schulden.

Ein geisteswissenschaftlicher College-Kurs, der Mini-Fiat, der jeden Tag zu ihrer Sekretärin führte und Kleidung, Urlaub auf Ibiza und einen Kredit kaufte, den sie aufgenommen hatte, um ihre Wohnung einzurichten.

Sie schwamm in Schulden, aber die Darlehensfirmen hatten ihr nie etwas verweigert.

Und deshalb hatte er das letzte Jahr als private Eskorte gearbeitet.

Privat war das Schlüsselwort.

Sie hatte keine Online-Werbung, zu ängstlich, dass ihre Familie oder Freunde ihr schmutziges Geheimnis herausfinden würden.

Sie verließ sich vielmehr auf Mundpropaganda und ihre Stammgäste, Leute wie John.

Der erste Mann, der sie dafür bezahlte, Sex mit ihr zu haben, hieß Peter.

Sie traf ihn nach ihrer Trennung von Adams auf einer Dating-Site, wusste aber sofort, dass es nichts für sie war.

Es war nicht die Tatsache, dass er in den Vierzigern und fünfzehn Jahren älter war als sie.

Aus diesem Grund hatte sie ihn überhaupt kennengelernt und gedacht, ein älterer Mann könne ihm geben, was Adams, ein vierundzwanzigjähriger Junge, nicht konnte.

Engagement, Sicherheit, vielleicht neue sexuelle Erfahrungen.

Sie fühlte sich einfach nicht mit Peter verbunden und fand eine Stunde nach ihrem ersten Date heraus, dass sie zu zweit in einem indischen Restaurant im schönsten Teil der Stadt zu Abend essen konnten.

Sie verabschiedete sich und dankte ihm für ein köstliches Essen. Sie dachte, es wäre das letzte Mal, dass sie ihn sehen würde.

Aber Peter interessierte sich mehr für sie als er ursprünglich gedacht hatte.

Er kontaktierte sie zwei Tage später mit einem Angebot, sie für Sex zu bezahlen.

Gina war zuerst überrascht, sogar beleidigt.

Mit ihrer tiefen Bräune, den gefärbten blonden Haaren und der Vorliebe, Kleidung zu enthüllen, wusste sie, dass sie einen gewissen attraktiven Eindruck machte.

Aber das würde sie nicht zu einer Hure machen oder zu jemandem, der beim ersten Anzeichen finanzieller Schwierigkeiten ihre Beine spreizen würde.

Sie hatte sicherlich Mädchen getroffen, die es tun würden.

Aber Peter schien so ein netter Kerl zu sein, und je mehr Gina über ihre Schulden nachdachte, desto mehr fragte sie sich, welchen Schaden es anrichtete, das Angebot anzunehmen. Es würde einen gegenseitigen Nutzen geben.

Peter würde sie besitzen und sie würde das Geld bekommen, das sie dringend brauchte.

Wenn niemand wirklich verletzt wird, was war das Problem?

Gina war jedoch naiv.

Sie hätte nie gedacht, wie süchtig bezahlter Sex sein könnte oder wie billig und elend sie sich fühlen würde.

Um die Sache noch schlimmer zu machen, war Peter nicht der Gentleman, für den sie ihn zuerst gehalten hatte.

Bald wurde bekannt, dass sie gut in ihren Diensten war, und das konnte nur sein, weil er es direkt verbreitete.

Angebote aller Art füllten über die Dating-Site, auf der er Peter getroffen hatte, seinen Briefkasten.

Er konnte nicht glauben, wie viele ältere Männer dort nach jüngeren Frauen für Sex suchten und wie viele bereit waren, dafür zu bezahlen.

Es war sehr lukrativ für sie gewesen und sie lernte bald, dass sie mehr Geld verdienen könnte, wenn sie bereit wäre, ihre Grenzen ein wenig mehr zu verschieben.

Männer zahlten mehr für Dinge wie Anal, Dominanz, goldene Dusche und verschiedene Arten von Rollenspielen.

Gina hatte in Schulmädchenuniformen, sexy Dessous und Peitschen investiert. Sie hatte gegessen, was ihr vorgeschlagen wurde, und alle möglichen Gegenstände in sich gestopft und sogar so getan, als würde sie einen fünfzigjährigen Mann in einer Windel stillen.

Natürlich hatte John mit seinem Geld alle verfügbaren Dienste genossen.

Von hochklassigen Prostituierten über Pornostars bis hin zu dreiseitigen Models.

Es war eine Besessenheit, die an Sucht grenzte.

Es schien, dass alle jungen und schönen Mädchen bereit waren, ihre Attribute zu verkaufen, während sie sie immer noch begehrenswert hatten.

Es war tragisch.

Es war also keine Überraschung, dass John, nachdem er von einem Freund gelernt hatte, Gina kontaktierte.

Und heute Abend würden sie zum fünften Mal zusammen sein.

Gina sah auf ihre Uhr und befestigte ihre Kleidung im Flurspiegel. In einem Jahr wird alles vorbei sein, Mädchen, erinnerte sie sich.

'Du kannst es schaffen.'

Dann schnappte er sich seine Schlüssel und ging zur Tür hinaus.

Kapitel II

Zehn Minuten später hielt er an der Midesting Road an.

Es war kurz nach halb elf, und eine Poolparty in einem der anderen Häuser war in vollem Gange.

Er fuhr durch die schmiedeeisernen Tore von Johns Haus und parkte den Fiat auf der Straße.

Der Mond schien auf das Dach von Johns silbernem Mercedes, als er das Geräusch seiner Absätze auf dem Kies knirschen hörte und zur Seite des Hauses ging.

John hatte ihm gesagt, er solle durch den Hintereingang hereinkommen.

Heute Abend werden sie ein Rollenspiel spielen.

Er wird auf dem Bett liegen und sie wird wie ein Dieb hereinkommen und ihn überraschen.

John liebte es, Dinge durcheinander zu bringen.

Sie hatte noch nie einen so sexuell einfallsreichen Mann getroffen.

Er blieb auf halber Höhe des Hauses stehen und sah die Gasse auf und ab.

Sie war sich sicher, dass niemand sie dort sehen würde, aber sie wollte es für alle Fälle sicherstellen.

Sie senkte ihr Höschen, zog es sich über die Fersen und richtete dann ihren Rock auf.

Sie stopfte ihr Höschen in ihre Tasche.

Rote Spitze, Johns Favorit.

Dann stolperte sie auf den Fersen den Weg hinunter und öffnete die Tür zum Garten hinter dem Haus.

Ein Metallmülleimer klirrte, als er ihn versehentlich mit der Spitze seiner scharfen Ferse trat.

'Blöd!' Sie ermahnte sich.

Das Küchenlicht war an und die Terrassentür, die zu ihr führte, war angelehnt.

John muss es für sie offen gelassen haben.

Gina warf ihre Haare zurück, setzte ihren sinnlichen Spaziergang fort und betrat das Haus.

Er roch brennend, als er die Küche betrat und die Tür schloss.

Es war wahrscheinlich eine der Zigarren, die John gern rauchte.

Er war so ein rauchender Gangster.

Das Haus war still.

John muss im Bett auf sie warten, wie sie es ihm gesagt hatte.

Gina ging durch das sorgfältig eingerichtete Esszimmer, alle modernen Möbel und Holz in einem tiefroten Farbton, und hinaus in den Flur.

Sie sah die Wendeltreppe hinauf.

"John", sagte er spöttisch. "Bist du bereit oder nicht?"

Ihre Absätze klickten von den polierten Stufen, als sie die Treppe hinaufstieg.

Als sie in den Flur einbog, sah sie Johns Schlafzimmertür offen stehen.

Das Licht war an, machte aber immer noch keine Geräusche.

Dann hörte er ein Knarren.

'John?'

Der dicke Bastard saß wahrscheinlich auf seinem Thron im Bad.

Gina strich sich die Haare glatt, senkte den Ausschnitt und betrat den Raum.

In diesem Moment schien alles anzuhalten.

Ginas ganzer Körper erstarrte.

John lag nackt auf dem Bett und starrte an die Decke. Eine Blutlache tränkte die Laken um ihn herum und sein Hals war durchgeschnitten.

Schrie Gina.

Eine dunkle Gestalt kam hinter der Tür hervor und packte sie, legte einen Arm um ihren Hals und legte seine Hand über ihren Mund.

»Mach keinen Lärm, sonst schneide ich auch deinen«, sagte er.

Gina spürte die kalte, scharfe Spitze eines Messers an ihrem Hals.

'Wer du bist?' sie stöhnte.

"Jemand, den du nicht ficken willst"

Der Mann drückte ihren Nacken mit seinem muskulösen Unterarm fester.

'Was machst du hier?'

"Ich bin gekommen, um John zu sehen."

'Wofür?'

'Er hat mich gebeten, es zu tun.

'Warum?' forderte der Mann.

"Nur um es zu sehen."

Er zerdrückte Ginas Luftröhre mit seinem Arm und ließ sie ersticken.

'Warum?' Schrei.

"Um Sex zu haben", schaffte es Gina zu stammeln.

Sie fing an zu husten, als der Mann den Druck um ihren Hals lockerte.

'Bist du eine Prostituierte?' er sagte.

'Nicht!'

'Na und?'

'Ein Begleiter'.

"Es ist das gleiche", sagte der Mann.

Gina sagte nichts, zu ängstlich, dass der Mann ihr den Hals brechen oder sie erstechen könnte, wenn sie ihm widersprach.

"Es scheint, wir haben ein Problem", sagte er.

Er drehte sich zu Johns leblosem Körper um und hielt Gina fest zwischen seinem Arm und seiner Brust.

Gina hatte das Gefühl, dass sie krank werden würde, wenn sie so viel Blut sah.

"Jetzt bist du Zeuge eines Mordes."

"Bitte", bettelte Gina.

'Ich werde es niemandem erzählen. Lassen Sie mich einfach gehen. '

60   **ERIKA SANDERS**

'Ich werde es niemandem erzählen. Lassen Sie mich einfach gehen. '

Kapitel III

Ein unheimliches Lachen kam von dem Mann.

"Sie verstehen sicher, dass es nicht so einfach sein wird."

Angst schoss durch Ginas Körper.

Er spürte, wie warmer Urin über die Innenseite seiner Beine tropfte.

Sie wollte heute Nacht nicht sterben.

Der Mann packte sie mit seiner Hand mit Lederhandschuhen am Arm und führte sie ins Badezimmer.

Er schloss die Tür hinter sich und drehte sich zu ihr um.

Gina trat in eine Ecke zurück, als sie sein Gesicht sah.

Sie hatte nicht erwartet, dass es eines der schönsten Gesichter sein würde, die sie jemals gesehen hatte, aber es war die tiefe Narbe, die über seine Wange lief, die sie am meisten überraschte.

Und sein Körper schien zum Töten gemacht zu sein, mit den Schultern eines Boxchampions und er konnte sich einen Hals in zwei Hälften brechen.

Er war ein Monster.

Er sah sie mit harten blauen Augen von oben bis unten an.

"Wer weiß, dass Sie hier sind?"

'Niemand! Bitte kannst du mich gehen lassen und fliehen. Ich versichere Ihnen, ich werde es der Polizei nicht sagen. '

Er näherte sich ihr in einem langsamen, räuberischen Schritt.

'Dafür ist es zu spät. Du hast mein Gesicht schon gesehen. '

„Ich verspreche, ich werde es nicht sagen. Bitte, ich oder John interessieren mich nicht, ich möchte nur nach Hause gehen. Ich will nicht sterben. "Gina brach in Tränen aus.

Der Mann legte eine behandschuhte Hand auf ihre nackte Schulter und näherte sich drohend ihrem Gesicht.

Gina spürte, wie die warme Luft aus ihrer Nase ihre Wangen berührte.

"Jetzt, jetzt, jetzt", schnurrte er. "Warum dieses hübsche Gesicht ruinieren?"

Er fuhr mit einem langen Finger über Ginas tränenüberströmte Wange.

Ginas ganzer Körper verwandelte sich in Eis, als sie seine Berührung spürte.

Die Anziehungskraft, die sie auf den Körper dieses Mannes empfand, und die Angst, von jemandem, von dem sie wusste, dass er sie leicht töten könnte, an die Wand gedrückt zu werden, waren äußerst widersprüchlich.

Er beugte sich näher und fuhr mit seiner rauen Zunge über ihr Gesicht, wodurch sie spürte, wie ein Schauer durch ihre Haut lief.

Sie hatte nicht erwartet, was als nächstes kommen würde.

Die behandschuhte Hand des Mannes glitt unter ihren Rock, seine langen Finger tasteten nach ihren freiliegenden Lippen.

»Freches Mädchen«, sagte er bei ihrer unerwarteten Entdeckung.

"Bitte ... oh"

Der Mann hatte seinen Handschuh ausgezogen und ein langer, fleischiger Finger war jetzt in ihr.

Er fand Ginas Kitzler glatt und massierte ihn, wodurch eine Hitze entstand, die sich in ihr ausbreitete.

Gleichzeitig fuhr er mit der Zunge über die festen Konturen von Ginas Nacken.

Gina drehte sich um und sah ihr Spiegelbild im Spiegel über dem Waschbecken.

Und er sah auch dieses große seltsame Tier wie einen Vampir in seinem Nacken versinken, wobei die Klinge des Messers in seiner freien Hand als Warnung im Halogenlicht blitzte.

Sie wagte es nicht, sich zu bewegen, aus Angst, dass er seine scharfe Spitze gegen sie einsetzen würde.

Der Mann zog sich zurück und sah über ihren Körper.

Es war eine tiefe Erregung in ihnen, als könnte er ihren nackten Körper durch die Kleidung sehen.

Er schob ihre Tasche von ihrer Schulter und ließ sie auf den Boden fallen, als eine Tube Lippenstift und rotes Höschen auf die Fliesen fiel.

Er packte eine ihrer Brüste durch ihre hautenge Weste und drückte sie sanft, dann fuhr er mit seinem Finger über ihre Brustwarze, als sie fest stand.

Sie war Kitt in ihren Händen.

"Was machst du mit mir?" Sie fragte.

"Da wir alleine sind und den Platz nur für uns bereit haben, werde ich dir geben, was der Typ da drüben dir niemals gegeben hat."

Oh Gott, dachte Gina. Nicht das.

Der Mann spürte ihre Angst und lächelte.

'Keine Sorge. Sobald du mich in deiner Muschi erlebst, wirst du froh sein, dass der andere tot ist.

Der Mann hatte Recht, dass sie allein waren.

Ohne Nachbarn in der Nähe würde jeder Hilferuf zu erfolglosen Ergebnissen führen.

Wenn ... wenn sie zustimmte, tat, was der Mann sagte, konnte sie das Haus lebend verlassen.

Welche andere Möglichkeit hatte sie, mit all den anderen Chancen gegen sie das beste Rollenspiel ihres Lebens zu spielen?

Also traf er eine Entscheidung.

Sie würde die beste Leistung ihres Lebens erbringen.

Und wenn es fehlschlug, hatte sie einen Backup-Plan.

"Zieh das aus", knurrte der Mann und nickte zu seiner Weste.

Gina tat was er sagte.

Als die Weste über ihren Kopf glitt, schüttelte sie ihre Haare und richtete ihre Augen auf seinen Körper.

"Ich möchte, dass du dich auch ausziehst", sagte er.

Der Mann stieß ein spöttisches Lachen aus.

»Du wirst mir nicht sagen, was ich tun soll. Und ich bin nicht so dumm, wie du denkst. Wirf es runter. ' Er nickte Ginas Rock zu.

Sie knöpfte ihren Rock auf, ließ ihn über ihre Beine fallen und trat ihn dann mit ihrer Ferse gegen ihn.

Sie war in Absätzen und einem BH vor ihm und hatte rasierte Lippen, die der kühlen Luft des Badezimmers ausgesetzt waren.

Sie hob ihre blauen Augen mit Wimperntusche zum durchdringenden Blick ihres Entführers.

"Wie süß und schön", sagte er und saugte Luft durch seine Nasenlöcher. 'Dreh dich um.'

Gina drehte sich um und sah auf die Fliesenwand.

Durch das Spiegelbild sah sie zu, wie sich der Mann vorbeugte und ihren Schritt streichelte, während er ihren Hintern studierte.

Die große Ausbuchtung, die er aus seiner Hose ragen sah, ließ sie wissen, dass er gut ausgestattet war.

Er ließ sie sich vorbeugen, packte sie an den Hüften und brachte seinen Schritt zu ihr.

Der harte, fette Klumpen wurde jetzt gegen die Spalte ihres Gesäßes gedrückt.

Seine bloße Hand berührte ihren Arsch und er schob sie nach vorne, das Messer immer noch fest in der anderen.

Gina beobachtete ihn, als er es auf die Theke neben dem Waschbecken stellte und begann, seine Hose aufzuknöpfen.

Sie starrte auf das Messer und kämpfte gegen den Drang an, es zu ergreifen.

Aber sie wusste, dass sie nicht so dumm sein konnte; Mit ihrer Größe würde der Mann in Sekundenschnelle ihren kleinen fünf Fuß großen Körper dominieren. Trotzdem war es verlockend ... sehr verlockend.

Seine schwarze Hose fiel zu Boden und enthüllte ein Paar ebenfalls schwarzer Boxer auf riesigen, muskulösen Oberschenkeln.

Seine Erektion stieg bis zum Saum an, geschwollen und riesig.

Gina schluckte das Keuchen, das fast aus ihrem Mund kam.

Wie sollte er in all das hineinkommen?

Der große Schwanz war gespannt gegen den engen Stoff seiner Boxershorts und wollte unbedingt raus.

Als der Mann sie senkte, fiel der große lila Kopf auf Ginas Wangen.

Das dicke und stark geäderte Glied war mindestens zehn Zoll lang.

Der Mörder war ein sexueller Adonis.

Er packte ihre Hüfte mit seiner immer noch behandschuhten Hand und nahm seinen Schwanz mit der anderen und führte ihn zu Ginas Schamlippen.

Als sie den warmen, weichen Schwanz zwischen ihren Lippen spürte, schnappte Gina nach Luft.

Und als er sie hineinschob, gaben ihre Knie fast nach.

Der Penis war kühn tief gestoßen und pochte vor Aufregung in ihrer heißen, feuchten Vagina.

Er traf einen Bereich in Gina, der noch nie zuvor durchdrungen worden war, und ihr tückischer Kitzler begann vor Aufregung zu pumpen, Feuchtigkeit sammelte sich auf ihren Lippen und Wänden, um diesem aufregenden Neuankömmling gerecht zu werden.

Der Mann begann zu stoßen, seine starken Hüften konnten die Härte von Ginas Innenwänden mit außerordentlicher Geschwindigkeit erzwingen.

Es fühlte sich unglaublich an.

Sie packte den Rand der Waschtischplatte, als er weiter in ihre feuchten Schamlippen eindrang und seine Eier gegen sie klatschten.

Er zog den anderen Handschuh aus und seine großen, überraschend weichen Hände liefen über ihren Rücken und öffneten ihren BH.

Es fiel auf den Fliesenboden und ließ ihre Brüste los.

Jetzt trug sie nur noch ihre Absätze, als das riesige Tier sie von hinten schlug.

Gina spürte, wie er sich zurückzog und ihre Muschi einen Moment der Erleichterung bekam.

Aber es dauerte nicht lange, bis sein Schwanz wieder in ihr war, aber diesmal in Richtung ihres Arsches.

Der massive Schwanz des Mörders drang in die engen Falten von Ginas Anus ein und sandte einen scharfen Schmerz durch sie.

Für einen Moment dachte er, dass er den Schmerz nicht ertragen könnte, seine Muskeln spannten sich, um diesen Fremdkörper auszutreiben, aber dann entspannten sie sich, als der Schmerz sich in Vergnügen verwandelte.

Gina hatte zuvor Analsex erhalten, aber nicht von einem so großen Phallus wie diesem.

Das Vergnügen, das sie jetzt überflutete, war anders als alles, was sie jemals zuvor gefühlt hatte.

Sie musste sich daran erinnern, wo sie war.

In Johns Haus wird er von einem Mann gefickt, der ihn gerade getötet hat.

Johns tote und bereits etwas kalte Leiche lag ein paar Meter entfernt im anderen Raum wie ein schreckliches Bildnis seines früheren Ichs.

Gina wusste, dass sie dieses Bild niemals aus ihrem Gedächtnis löschen würde, egal wie sehr sie es verachtete.

Und es würde den Hass auslöschen, den sie ihm gegenüber empfand, wenn er damit lebend zurückkommen und ihr jetzt helfen könnte.

Aber es ist etwas Seltsames an dem, was passiert, wenn Sie mit einer Morddrohung konfrontiert werden und Gina es zum ersten Mal in diesem Badezimmer erlebte, in dem sie jetzt gefangen gehalten wurde.

Ein Instinkt übernimmt, so ursprünglich, dass man ihn nicht mehr als tierischen Instinkt empfindet.

Und Sie wissen, dass Sie alles tun werden, um zu überleben.

Kapitel IV

Der Mann schlug sich mit wütenden Stößen auf den Arsch, Speichel lief aus seinem Mund, sein hübsches Gesicht war gerötet und erregt.

Die leisen, kehligen Geräusche, die er machte, sagten Gina, dass er gleich kommen würde.

Sie packte die Kante der Theke fest.

Die Fingerspitzen wurden weiß, als er sich festhielt.

"Scheiße", stöhnte der Mann.

'Ich werde rennen'.

Und er tat es und ein schwerer Seufzer kam aus seinem Mund, er schloss die Augen und bog den Kopf zurück ...

Und Gina nutzte ihre Chance.

Er ließ die Theke fallen und griff nach dem Messer.

Mit einer blinden und kraftvollen Bewegung seines Armes stieß er ihn in den Hals seines Täters.

Sie sprang auf und drückte ihren Rücken gegen die Wand, die kalten Fliesen gegen ihren schweißnassen Rücken.

Mit großen Augen vor Angst und Sorge sah Gina, dass der Mann in einer statischen Haltung stand und würgte, als seine großen Augen sie anstarrten.

Das Messer ragte aus seinem dicken, glänzenden Hals und dunkelrotes Blut sickerte über den Kragen seines schwarzen Mantels.

Sein Schwanz war immer noch aufrecht, eine glänzende Spur von Sperma baumelte von der Spitze.

Seine benommenen Augen blieben auf Ginas gerichtet, als ihr Mund auffiel und Blut auf ihre Unterlippe floss.

Es gelang ihm, das Wort 'Bitch' zu gurgeln, bevor er zurückbrach und gegen die Tür krachte.

Gina starrte ihn einen Moment an, ihre Brust hob und senkte sich, bevor sie ein verrücktes Lachen ausstieß. Sein Plan hatte funktioniert.

Erstes Mal. Sie hatte gesehen, wie er seine Augen im Spiegel schloss, als er ejakulierte, und sie schwelgte in der Tatsache, dass er den Angriff so viel einfacher gemacht hatte.

Sie schnappte sich ihre Kleidung und zog sich schnell an, diesmal zog sie ihr Höschen wieder an.

Sie griff nach ihrer Tasche und trat ihren Angreifer mit der scharfen Spitze ihrer Ferse. Dann spuckte sie ihm ins Gesicht.

"Das ist, weil du mich eine Hure nennst, du Hurensohn!"

Er schob seinen Körper zurück, damit er die Tür öffnen konnte.

Die Rückseite seines Schädels schlug mit einem dumpfen Schlag auf den Teppich, als er die Tür öffnete.

Sie ging auf Zehenspitzen über den blutgetränkten Körper und betrat das Schlafzimmer.

Sie sah Johns Körper auf dem Bett an.

Blut auf dem Boden.

Blut auf dem Bett.

Tod, wohin er auch schaute.

Es war zu viel.

Gina rannte aus dem Raum und die Wendeltreppe hinunter, so schnell ihre Fersen sie tragen konnten. Purpurrote Dreiecke befleckten den Boden, als sie vorbeikam.

Am Fuß der Treppe blieb sie stehen, wischte sich die Tränen ab und kontrollierte ihre Gedanken.

Dieser Lebensstil hatte alles für sie ruiniert.

Er hatte sie elend und zynisch gegenüber Männern gemacht.

Er hatte seine Moral neu organisiert.

Und dieser fette tote Bastard war einer der schlimmsten mit seinen korrupten Wegen und schmutzigen Fantasien.

Er war ein Vorbild in der Gesellschaft, aber er verbreitete und infizierte alles, was er berührte, mit seinen korrupten Wegen.

Einschließlich sie.

Es hatte ihn zu etwas gemacht, was sie nicht war.

Und jetzt hatte er sie in einen Mörder verwandelt.

Sie hatte zur Selbstverteidigung getötet und die Scheiße, die in einer Blutlache lag, verdiente alles, was ihr passiert war.

Aber sie wusste, dass sie niemals vergessen würde.

Wie er sie misshandelt hatte, als wäre sie nichts weiter als eine schmutzige Hure, und wie sein Körper sie verraten hatte, indem er mit Vergnügen auf die Berührung seiner schmutzigen und mörderischen Hände reagierte.

Wie viele Leben anderer Mädchen müssen diese beiden ruiniert haben?

Und wie sehr haben diese Mädchen weiter gelitten?

Ich werde nicht mehr leiden, dachte Gina.

Er rannte die Treppe hinauf und ins Schlafzimmer.

Der Anblick der beiden toten Leichen ließ sie sich übergeben, aber sie schluckte ihre Übelkeit mit einem Ellbogen und ging zum Bett.

Johns Gesicht war eine Maske des Grauens, sein Mund schwarz und weit wie ein Fisch, seine Augen vor Schrecken gefroren.

Gina sah weg und suchte nach dem goldenen Armband um ihr dickes Handgelenk.

Es gab ein dünnes rechteckiges Medaillon, das die Kette befestigte.

Sie öffnete es und las die Nummer darin: 47689.

Sie wiederholte die Zahl in ihrem Kopf wie ein Mantra, schloss das Medaillon und griff in ihre Tasche.

Er holte ein Taschentuch heraus und wischte die Fingerabdrücke vom Medaillon.

Er warf John einen letzten abweisenden Blick zu, bevor er sich umdrehte und die Treppe hinunter rannte.

Er rannte den Flur entlang, bis er Johns Arbeitszimmer erreichte und die Tür öffnete.

Er überflog den Raum, bis sein Blick auf das fiel, wofür er gekommen war.

John ist in Sicherheit.

Er hatte bei einem von Ginas Besuchen mit dem Inhalt geprahlt und sie hatte verlangt zu wissen, was drin war.

"Edler Schmuck", hatte er mit einem arroganten Lächeln gesagt.

"Es ist mehr wert als dieses ganze Haus."

Dann klopfte er an die Kette an seinem Handgelenk und legte den Finger an die Lippen.

"Shh".

Gina ging zum Safe an der Wand und wählte die Kombination.

Der Safe klickte, um anzuzeigen, dass er geöffnet werden konnte.

Sie öffnete die Stahltür und sah hinein.

Auf einem Stapel brauner Umschläge lag eine samtig rote Schmuckschatulle.

Gina spürte einen Knoten in ihrem Bauch.

Sie öffnete es und fand die unglaublichste Diamantkette, die sie je gesehen hatte. Ihre wunderschön gefertigten Steine funkelten mit filmischem Effekt.

"Es ist mehr wert als dieses ganze Haus", flüsterte sie vor sich hin.

Genug, um alle Ihre Schulden und etwas anderes abzuzahlen.

Mit schlagendem Herzen in der Brust schloss sie den Deckel und steckte die Schmuckschatulle in ihre Tasche.

Dann schloss sie den Safe und rieb das Taschentuch an ihren möglichen Fingerabdrücken.

Sie eilte aus dem Arbeitszimmer und den Flur hinunter zur Haustür und überprüfte, ob ihre Absätze keine belastenden Abdrücke von ihr auf ihren glänzenden Brettern hinterlassen hatten.

Nicht deins.

Sie öffnete die Tür des Hauses.

Die kühle, weiche Luft traf ihre Wangen, als sie in die Nacht driftete und die Last der Anwesenheit im Haus sich sofort von ihren Schultern hob.

Endlich frei rannte sie die Schotterauffahrt hinunter, sprang in ihr Auto und warf ihre Tasche auf den Beifahrersitz.

Sie ließ ihren Kopf auf das Lenkrad fallen und stieß einen leisen, kehligen Schrei aus.

Erschöpft und erschöpft griff sie in ihre Tasche und holte ihr Handy heraus.

Sie wählte 911.

"Polizei bitte, ich habe gerade einen Mann getötet."